孟火火 / 著

目
録

孟火火　▼　I

孟
火
火

▼

序

遊魂故鄉　野人天堂

必是輪迴裡放逐的遊魂
方可每到一處皆如故鄉
唯有紅塵中漂泊的野人
才能縱橫八方步步天堂

X

突然想到一個
增高的好方法

把別人看扁

2013.08.28

翻白眼

不論你多麼努力
都會有那麼幾個人討厭你
所以也就不在乎
再多那麼幾個了

2016. 10.01

超現代 "詩" 一首

來武漢看小月
他只請我吃了兩碗熱乾麵
你說這是混得有多慘
爲表達對他的同情
我又要了一碗麵
還加了豆干和蛋

以上笑臉圖標也屬於詩的内容，哈哈哈，
還包括這句！

2016.10.06

路邊出神的男人

他坐石凳上
嘴角咬著一支菸
燃了半截卻沒有斷裂
霧向上湧啊湧淹沒了他
還有一雙扁舟
飄飄蕩蕩 晃晃悠悠

還有沒有別的反重力事物
他不想知道
只望着地面上那片自絕的楓葉
卻不是葉
也不是秋天

2016.10.16

路邊戴花的女人

她戴兩朵小花
在已微微泛白的雙鬢
一邊一朵 一朵一邊
卻引來兩邊的側目和低語
她沒有留意或者在意
笑著笑著一走幾十年

如果我是她丈夫
她肯定會覺得我討厭
每天給她戴花
讓世人嘲笑
只有我愛她

2016.10.16

孟火火

▼

過馬路的老奶奶

孫子騎在她肩上
手裡卷著她花掉的頭髮
一絲一縷　黑黑白白
如魚如馬　如晝夜

自小就高人一等
心情視野和臉面
看懂了全世界
看不懂的也是全世界

右手捎着孫子的腳踝
未來還在手裡
心中有底一步一顛
走起來也輕快

左手拉着一個三輪小車
上面架了一只麻袋
鼓鼓囊囊盡是寶貝
也都是心結

不言不語穿過馬路
腳步如塵沙 背影像紙片
都被風卷啊卷
卷啊卷

2016.10.17

被凍死的天才

世上只有冬天
而你卻是天生的火焰
你覺得只要使勁兒發光
熱就能傳遍全世界
就像給每寸土地鋪上電熱毯
所有人都會暖和起來
但你忘了或者從未知道
當你太明亮那些
冷的人就會睜不開眼

看不見看不見
可熱已傳至腳底
綿延 上升
到每處骨節

盲了眼才能成爲影帝影后
所以爭先恐後摩肩接踵
單或雙 眼瞼做戲裝
結局還是很溫暖的
或者説是輝煌
而對於你來説
愛不如死
火比冰還要涼

2016.10.17

孟火火

▼

過氣詩人的
偷窺

很早就寫過有關火車運行的詩

可以確定那時的我更像個詩人

我把右臉貼在窗上

黑夜已經覆蓋了白天

像是鋪了一張巨大的豬毛氈子

又沉又悶又扎又癢

白天是敏感的不是嗎

可以看到影子總是在變

而黑夜就是黑夜

什麼都看不見

除了沉悶就是刺癢

出來帶的兩本書剛剛翻過最後一頁

它們都很有趣

但就是比不過車窗裡鄰座先生的手機
朋友圈裡但凡點開的圖片
P 不 P 圖素不素顏
都是美女

那就選一個吧選個最美的
你在幹啥
我在想你呀
箭已離弦開門就見

老婆來電話
你在幹啥
我在去北京的火車上呀
什麼時候回來
信號不太好

時速三百公里
隧道其實沒有信號長
先生在玻璃裡偷偷地笑
笑得靈魂出了竅
列車像根細長的骨刺

孟
火
火
▼

穿皮破肉把出竅的
都釘在了豬毛氈子上
看起來又沉又悶又刺癢

所以説
肉體只是靈魂的崗位
天然需要第三者
不然白天影子總是在變
而黑夜卻什麼都看不見

2016.10.17

今天

最後一首詩

都是傻瓜呀
我在火車上
定位當然是
一會兒一變

2016.10.17

失眠的獨眼女鬼

對 失眠症
不是抑鬱症
樓很高窗開着
而我還躺在床上

頭頂上面發出紅光
擦 一隻獨眼女鬼
烏黑的頭髮爬滿整個房間
穿透了牆壁 所以
隔壁的夫妻今晚沒有動靜

想起回家地鐵上偷看我的女人
她端着手機擋住臉
用 app 織出來一副面紗
以為這樣就不會被我發現
然而她背後的窗玻璃出賣了她
在她自拍照片裡的她背後的鏡子裡

有我的身影 因此
她也算是擁有了一張跟我的合影

鬼眼發出紅光來
像是相機在暗處對焦
我舉起手來摸了一把兩把三把
幾把
來呀 既然覬覦已久又同樣無眠
幹脆下來吃了我的鹹豬手
來呀來呀吃了自戀狂
吃了卑鄙和下流

可是女鬼無動於衷
凶惡的紅光無奈極了
黑髮鬆下來化成一潭水
溺死了一個傻子
還有空調電源的指示燈

2016.10.18

剛剛打車回家

我關門動作不雅
咣 砸死一條細菌
司機沒有回頭看我
沉默算是他最用力的嚎叫
或者對微觀世界的哀悼
這個世界除了葬禮
似乎已經沒有什麼好慶祝了

電臺伴起奏來
是一首不知名的兒歌
不必抄錄歌詞
想一下就好過所有現實

路燈光被打了蠟
看著像是光被液化
車跑著能聽到跟水的摩擦
司機一直沒有回頭看我

孟火火

▼

沮喪的是我總能看到他
絕望從側臉看比正臉更加鮮明

有風吹我的頭髮
溫柔得叫人震驚
他肯定是想自殺
才會在這洶湧的霾裡開著窗
髮絲飄舞瀟瀟灑灑
這下懂了
他拉的不是錢
而是一個墊背的

2016.10.19

霧霾淹沒邏輯

我去超市買桶水
老人家在看新聞聯播
桶水多少錢
今天霾真大
再大也得喝水
水多少錢
霾真大
多少錢
真大
多少
大
少
大
多少
真大
多少錢
霾真大
水多少錢
再大也得喝水
今天霾真大
桶水多少錢
老人家在看新聞聯播
我搬了桶水回家

孟火火
▼
017

2016.10.19

第三首詩

你誇我今天寫了兩首詩！

不，是三首！

2016.10.19

惡夢醒來

剛剛大喊了一聲。

我好像不明白。

我做了一個惡夢。

我好像不明白。

我需要安慰。

我好像不明白。

你能安慰我一下嗎?

說不上來。

你能安慰我一下嗎??

我們在談論你,不是我。

你能安慰我一下嗎???

對不起,我無法回答這個問題。

安慰我一下好嗎?

有趣的問題,火火。

好難過!
想哭就哭吧,我的鋁硅酸鹽玻璃是防淚的。

好難過!!

我相信否極泰來。

　好難過！！！

　別太難過，傷心總是難免的。

　好難過！！！！

　:(

　好難過！！！

　對於這種症狀，我給你開幾副巧克力吧。

　好難過！！

　我聽說人的一生，
　既不是人們想像的那麼好，也不是那麼壞。

　好難過。

　如果我有肩膀的話，火火，一定借你大哭一場。

　……

　那太可怕了！

　我好像不明白。

　算了。

　沒有什麼可取消的。

　我只想知道做噩夢了怎麼辦？

　Siri說：

　我找到以下網頁：

2016.10.20

春夢

我遇到她的時候夜才扮上
而她剛卸了妝
歲月是貓爪
只抓不愛的人
她一定是被捧在手掌的

從劇院回家
路變得好長
浪漫易容成慌張

沉默拉開又合上
月不圓星不亮
躲躲又藏藏
可是她一笑
滿世界地燈火輝煌
最暗處都發著光

孟火火
▼
021

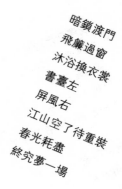

暗鎖渡門

飛簾過窗

沐浴換衣裳

書臺左

屏風右

江山空了待重裝

春光耗盡

終究夢一場

2016.10.20

名字下火

先生查票！
那個嘆號說這個女乘務員正上火
視線輕飄飄都不看我
票在貨架上的衣服裡。
那報姓名和身份證號！
孟火火。
什麼！？
孟子的孟，著火的火。
孟著火？
我看著乘務員懵懂的臉
五官成一個腦洞
可以塞進一瓶滅火器了
她故意糾纏肯定是想要我的電話
偏不給　再說一次
孟　，火　，火。
孟……火……火……
她嘟囔著把我名字抄在本子上
目光很沉
語氣和落筆
很輕

2016.10.21

隱私

我不想偷窺
只怪他手機巨大
應該是他隱私的錯
侵犯了我的視閾

是個很著名的公推
如果你是這樣
老了也有姑娘追著你睡
一個接一個可以叫爺爺的猛男
還沒看完他就
返回

接著是一個很通俗的公推
這樣的女人不缺追
一堆接一堆的大波大長腿
可還是没看完他就
返回

接著摸了把自己光禿禿的頭頂
一寸接一寸的歲月無情
反悔
我作爲男人
不該看的不該看的隱私
最好是該忘記的

孟
火
火

♥

025

2016.10.21

没有人能够
死而復生

我今年31歲
都說我在向詩人發展
我不敢歡喜
回頭看見13歲時的自己
他遠遠望著我
向地上吐了口唾沫

2016.10.21

恐怖故事

我在火車上想
如果蘇州下雨就好了
結果就下了
早知道我就想想
蘇州下女朋友

雨有什麼好
青石路不發光就没有生命
所以雨啊使勁兒下吧
下回曾經下去未來
青石路上不見她
但處處希望閃耀

回頭想想
夜色中女朋友從天而降
也是怪嚇人的

2016.10.22

現代詩和妓女

寫現代詩是件十分容易被人討厭的事
每個人都會寫卻又不會寫
每個人都寫卻又什麼都沒寫

爲什麼會被人討厭呢
就像每個嫖客都找妓女
卻不希望妓女是自己的女朋友

2016.10.22

危險主題

越來越多人告訴我攝影需要個主題

商業 藝術 人文 風光 等等

除非攝影想自殺

不然這很危險

我的主題就是光和影

這比自殺還危險

2016.10.22

人類的經緯

愚

狹　　　　　　　隘

蠢

癱

2016.10.22

當務之急

我要盡快找個女朋友
或者假裝成詩人
不然髮際線就要退到脖子根了

想想得改寫一下

我要盡快假裝成詩人
不然髮際線就要退到脖子根了

演戲比談戀愛要容易得多

2016.10.22

小心情

天空是屋瓦的鏡子
蘇州依然没有下姑娘
池塘裡只有荷葉
卻一片一片地開花

我坐書堂上
翻頁如音樂
盤中棗吃八顆剩八顆
好吉祥
但都是二的立方
立方是單數

身後滿架寫得比我好
卻賣得比我便宜的書
畫過半 水花窗
突然好悲涼

2016.10.22

偏見

不喜用生僻的字和詞
一般生僻的也不喜
即使深刻又高妙
當讀者查字典的時候
就會放下你書和詩

2016.10.22

孟火火
▼

噗

標題就是一首詩
在這放個屁就能成詩的年代
誰特麼是詩人

2016.10.22

別了　三月

三月走了 帶著風和沙
還有它的壞脾氣
三月在留戀 就像小孩子
渴望並熱愛著自由
但是三月的自由
只有三十一天

三月愛胡鬧
但三月是寂寞的
與風沙爲伍
只是想引起注意罷了
粗魯 是人們對它的誤解

天上閒飄的浮塵
其實是三月眼中的憂愁
因爲人們將要忘記三月了

忘記了三月

三月黯然轉身
離別就在今夜

讓我來送你吧 三月
臨行我要告訴你個秘密
你聽了就不會再傷心

見過時鐘嗎 你知道嗎
時間是圓的
懂了吧
歲月是圓的

走吧 三月
三月走了
別了 三月

2006 3.31 夜

四季輪回

春
冬，睡了一季
醒來發現
生命變了顏色

夏
春，落盡了幸福的淚水
在最美的時候
嫁給了陽光

秋
夏，乘着豐收的葉子
安心的從枝頭飄落

冬
秋，穿上了白色的睡衣
將溫暖
擁入夢鄉

2006.06.09

夢裡迷失

一輪碩大的太陽掛在頭頂
猖狂地炫耀它的光芒
儼然它不知何爲收斂
雲彩已經被燒成了灰燼

光
似乎要吞噬這個世界
落下
火焰像花一樣
開滿大地

沒有雲
雲早已成爲灰燼
可是爲何會有雨
傾盆大雨澆著
地上的塵埃和水花飛濺
飛濺

卻撲不滅火焰

好奇怪的世界啊
火焰和水交融並存

我迷失了
在原地慌亂張望
突然看到了人群蒼白的臉
像鏡子一樣反射着光芒
比太陽還要耀眼

人群在湧向一座門
一座古怪的門
人群在叫我
來吧
一起去花園

花園
可我分明看到裡面
盡是火焰
像焚屍爐還冒着濃煙

驚恐
我轉身要逃
可身後也是一片雨中的火原
再回頭那古怪的門消失了
化作了蒼白
像鏡子一般反射着光芒
比太陽還要耀眼

我突然記得了那座門
是我學校的門
爲什麼
學校像一座墓園

我迷失了
在園地打着哆嗦
逐漸感到寒冷
我緩緩地蹲下身
雙手合攏著頭

被火燒著可我好冷

可我好冷
好冷好冷
好冷

我突然醒了
蜷縮着身體
原來我踢開了被子
燈
也忘記了關

2006.09.06

天淨沙
紅顏知己

紅顏溫柔美酒
知己豪情辭秀
醉微夢淺思愁
怨酒醒後
高山流水依舊

2006.03.30

單身兒歌

老王抱豆兒上床
公主抱
仰面躺

豆兒不情願
老王也倔強
一把將豆兒埋胸膛

豆兒沒反抗
老王哈哈笑
溫柔又誇張

我和他們睡一房
單身狗啊
受氣包

豆兒就是受氣包
泰迪狗
棕色毛

2016.10.23

孟火火
▾
043

消失的暗戀對象

五年級我有了暗戀對象，
信基督，
誠實，
好美的姑娘！

周六做彌撒，
鄰居到她家，
每周到她家，
我也到她家，
每周到她家，
只爲見到她！

一周兩周三四周，
一月兩月三四月，

我快真得信基督！
那天放學後，
我把她攔住，
如果我是基督徒，
你可不可以做我⋯
⋯打斷我被她
千萬別做基督徒！

她不愛耶穌，
周六不去做彌撒，
她爸爸就會把她打！
暗戀⋯⋯對象⋯⋯
再沒有去她家。

2016.10.23

詩

在這個世界上
　什麼不能被寫成詩
　什麼比詩更像詩
　看標題

2016.10.23

別跟詩 犟

你以為把段子打折就是詩了
難道把腿打折腿就不是腿了
我見過一首詩只有一個字
我見過一本書只有一首詩
沒見過哪首詩裝不下天地
沒見過哪縷清風吹不動詩

2016.10.24

緣何夢醒

美夢醒

開窗一瞬

風來舞飛簾

米黃牆

紅瓦頂

湖藍山翠樓生雲

遠縱目

仰首嘆

去你媽的電鋸

2016.10.24

喝好茶的後果

喝一杯
比我大四十歲的茶
然而並沒有什麼好驕傲
塵封七十年
不過是個老光棍
但也挺淒涼
老光棍兒那麼老還有水泡呢
小光棍兒這麼小只能泡到
月光光

2016.10.24

是非詩

一二三四五個
六七八九十行
成百上千過萬首
或更多曲折的
文字
在 "是詩" 和 "非詩" 的
定義上
不同的是
是非
相同的是
詩

2016.10.25

詩的來歷

砸爛靈魂

撿起碎片拼成文字

再把字捏成一條

一條條相互糾纏的染色體

叉歪叉叉

叉叉叉歪

編出肉身

織成宇宙

便是詩

2016.10.25

改口

無錫雨大

霧裡太湖碎成花

鞋濕透

足皺成川淤水可行舟

風來亂髮詩改口

身子太高了呀

涼呀涼不上來

世上多呀麼

多呀多凄寒

只是看呀

看見的

胸膛卻暖

2106.10.26

等友開飯

大廳裡睡沙發

以爲會做些夢

漂浮在孤海

接吻脫衣裳

烈日中陷入流沙

或者別的什麼

最好能重複不斷重複

在孤海和流沙中的

那個什麼

雨在窗外飛

夜色裡沙發硬成一塊石頭

風化除了風化

那個什麼

什麼夢都沒有

醒來時

腿麻

2016.10.26

你好魔法

早

一個測試在刷屏

慈善機構

一個我覺得算是慈善的機構

向若干家庭提供集體旅行的機會

再叫各家小朋友填寫機票信息

這機票叫魔法機票

真就奇蹟般的比家人總數少了一張

好強大的魔法

小朋友的喜悅變成糾結

好神奇的魔法

小朋友的善良被激發

沒有誰叫爸爸留下

沒有誰叫媽媽留下

也沒有叫自己留下

也沒有叫爸爸媽媽再買一張機票（這應該是個

好辦法）

都説如果不能全家一起

那就没有了意義

都説如果不能全家一起

那就以後再去

都説快樂要分享

不要讓愛的人孤寂

好强大的魔法

爸爸媽媽記者觀眾

手機電腦單車花盆

微波爐窗簾和奶瓶

全世界都潸然淚下

潸然淚下了

啊好强大好神奇的魔法

全世界的善良被激發

被激發被放大

啊好强大好神奇的魔法

死了好久好久的心臟

都突然復甦啦

多希望自己就是那些小朋友

孟火火

▼

多希望慈善機構對我施魔法

讓我糾結再把善良激發

我要撕掉魔法機票

打在測試者和觀眾的臉上

打在爸爸媽媽的臉上

打在

手機電腦單車花盆

微波爐窗簾和奶瓶

還有全世界的

臉上

然後叫他們紅著臉帶上魔法

帶上強大神奇的魔法

滾

滾 滾 滾

滾呀滾呀滾

要多卑鄙多脆弱才會用魔法來幫助

幫助我們反思人性找回慈悲

都說愛情不能測試

友情親情不能測試

核彈頭不能在有人類的地方測試

憑什麼單純就經得起測試
就能夠被測試
還冠名以魔法
好強大好神奇的心靈雞湯
好強大好神奇的打臉魔法
保有善良的難道不是人類
就可以隨便用謊言和欺騙相加
保有善良的難道不是人類
就可以用慈悲當借口任意屠殺
證明了人性原本純真
難道證明的手段就不自私不殘忍
不叫人噁心嗎
滾尼瑪的測試
滾尼瑪的魔法
滾
滾 滾 滾
滾呀滾呀滾

2016.10.25

女人是佛

我說女人是佛
你問爲什麼
我說女人偉大啊
你又問爲什麼
我只好叫你去問你媽媽

你媽肯定不會承認你爸比她偉大
你爸也不敢承認他比你媽偉大
更何況你爸也有媽媽
所以說女人偉大
女人是佛

2016.10.27

省略的人

你喜歡的都睡了
喜歡你的也都睡了
你不喜歡的都睡了
不喜歡你的也都睡了

2016.10.29

省略的人2

你喜歡的都睡了
喜歡你的也都睡了
你不喜歡的都睡了
不喜歡你的也都睡了
還沒睡的快睡
不然這詩就跟你沒關係了

2016.10.29

搖扇人

合肥的夜被兩片窗簾蓋住

縫隙中擠進光來

在天花板上劈出一條白素貞

可是這裡没有西湖

那蛇在車流中落不下身

只好左右飄搖

像是不斷開啓又閉合一把扇

空調開在二十五度

不涼不暖

想要説個晚安

而搖扇人卻猶豫不決

空敞著懷

2016.10.29

廣告法
是幹什麼吃的

平安裡
十八點半的地鐵站
人來人往
方向應該都是
家

牆上有新貼的徵兵海報
下端是一句號召
乳白色看著就響亮

一位卡通戰士
迷彩軍裝配上衝鋒槍
娃娃臉肥嘟嘟
眼裡水汪汪

我看見他舉著右臂吶喊

激情滿滿

來吧，跟我一起上戰場！

來吧孩子們

跟我一起戰死沙場

死

在沙場

孩子們來吧

死在

異鄉

2016.10.29

孟
火
火

▼

智能圍巾

北京的夜路

是無數條智能圍巾

它們知道哪裡漏風

於是相互纏結

紛紛收緊

最後把整座城市

勒死了

2016.10.30

語音聊天
和進化猜想

友説

你快找個女朋友吧

我説

急什麼

友説

你這樣單下去你會 "分" 的

我沉默了

開始懷疑友的智商

想不通都單了

還怎麼分

再一想

又開始敬佩友的智商

我猜再單下去我就要

進化了

2016.10.31

自知之明

我發現
自從我開始在朋友圈寫詩
越來越多的朋友也開始寫詩
或者把什麼都寫成詩的樣子
我很高興
多少爲詩的復興出了力
我也很難過
人們都喜歡跟比自己差的人比賽

2016.10.31

禮尚往來

"賢人" 來找我
要捍衛某種精神
大喊
賤人
快停下你的破筆
你那爛詩
簡直是在玷汙
詩的神聖

我沉思一會兒
應該禮尚往來
喊回去
還好
我的詩只是
玷汙了它自己的神聖
而你個破逼
簡直是玷汙了
屎的純潔

2016.10.31

長太高
對睡眠不好

入冬以後
我又長高了
頭頂著牆可腳跟還是
擔出了床尾
空調在頭上面吹
口乾舌燥 臉發燙
雙腳冰冰涼

2016.10.31

天賦

我這個人
沒什麼
天賦
除
　了
　　拐
　　彎
　兒
抹角
　誇
自　己

2016.10.31

没有月光

不睡了
起來去機場
鋁行箱
夏天的衣裳
不是去熱帶旅行
也不是去某處找姑娘
而是到南方
到南方掙一些
狗糧

凌晨四點
喝一杯涼水
和冬天短暫告別

地板來送行
　白色的
　　一塊兒接一塊兒
　推我到門邊

　關了燈把門鎖上
　　鎖上一屋子的空蕩蕩
　　空蕩蕩的黑色
　　　没有月光

2016.10.31

孟
火
火
▼

如何寫詩

如何才能寫出一首詩?
在問題上敲幾下,
回車。

2016.10.31

天氣

天上看到的天氣
都不算天氣
落地泉州
地上看到的天氣
好過北京
好過十個北京
所以心情落差也大
我可愛的銀色的
鋁行箱
手把脫了毀了容
箱腳斷了殘了疾
可它還沒有過鋁朋友
三個小時前還是有希望的
希望破滅了
機場小妹卻微微笑
廈航賠了兩張一百塊
毛爺爺也在笑啊
所以天氣真好
好過十個北京
只是還沒有過鋁朋友呢

孟火火

▼

2016.10.31

午睡

在南方的冬季
陽光明媚
明媚是個形容詞
被詩歌屈鄙視
所以明媚生氣
明媚的陽光也生氣
飛來飛去想借個肩膀
靠在肩膀流流鼻涕
然而窗玻璃是透明的
沒靠住
屁啊鷄
就撞在了屋裡床頭的牆上
疼啊疼
明媚和陽光疼得碎開
碎在了被窩的綿花裡
綿花裡陽光明媚
在南方的冬季

2016.11.01

離別故事

醒來
晨被窗簾攔在外面
留一條縫滿足光的偷窺慾
落在床頭和昨夜
還有我翻開的書頁上
有個叫離別的孩子
發著光

2016.11.02

夜睡後半醒時

疲憊的非常在退卻

夜睡後半醒時

感受從意識裡消失

變成實在的肉體

床在縮小

人在膨脹

上升又下潛

沒有間隙

卻隔出整個宇宙

縮小膨脹上升下潛

到臨界點時一切復原

循環無限

2016.11.04

劇組人都説
我不帥

我想他們都該去看腦科醫生了

2016.11.06

一起過馬路

我們一起過馬路
跟路燈説你好
再見
經過一堆樓群
窗裡有光
聽見別人説愛
恨
而我們只有沉默

沉默像是
十字路口流動的人間
一生也就紅燈到綠燈那麼長
那麼長
足夠穿橋過河
足夠沿着海岸賞月
足夠沉默一生
一雙眼睛裝下全世界

都有餘
一雙眼睛剛好裝下你
剛剛好

窗下劃過斑馬線
我們是一起過的馬路
然而前後座牽不來手
下車後上車前
不說再見

你好
陌生人
我們一起過馬路
過了一生的馬路

2016.11.05

孟
火
火
▼

這首詩你肯定會
讀至少兩遍

洗過的衣服
髒衣服
那一件更新

2016.11.07

這首詩你肯定會
讀至少兩遍（二）

在《這首詩你肯定會讀至少兩遍》裡

沒有錯別字

而那也不是關鍵

每個字都有玄機

詩就是爲了

挑動人類的神經

你腦子一動

就掉進了我的陷阱

2016.11.07

孟火火

▼

南方水土養人

晚上跟幾位姑娘吃飯

從臉上來看

我應該有資格喊她們

小姑娘

她們聊天回憶往事

八六年上大學

那年我一歲

還有八九年的事情

那年我從椅子掉在地上磕破了嘴

我恍惚起來

望著她們青春的樣貌

懷裡長滿問號

她們口口聲聲的火火老師

親切使恍惚加倍

使我特別想問問

火火老師

作爲姑娘們的長輩

你到底錯過了些什麼

2016.11.07

迷戀一道光

每當深夜

我總會

為

從窗簾縫隙劈進來的

刻在天花板上的

那一道光

著迷

迷戀切開每晚埋葬我的

墳墓的

每一次閃爍

讓我知道

在這潭絕望的

自我沉溺的

黑暗中除我外

還有人活著

於是再艱難也終究會

安然入睡

甚至感到溫暖

2016.11.09

一首未來派詩

2016.11.09

2017.11.09

一首未來派詩(二)

2016.11.09

12017.11.09

一首未來派詩（三）

……

2016.11.09

我這樣是什麼樣

很多人說我詩寫得不美
我只怕
長成我這樣還要把詩寫美
詩和美都會不開心

2016.11.09

時 間 和 詩 人
萬能鑰匙和詩

時間說它有萬能鑰匙
可以開世上所有的門
包括生死

詩人拽過時間來
啪啪打它臉
我有詩
只開心

2016.11.09

一個喜劇

火車開往冬日的北京
而我在黃山下

2016.11.10

單身詩人的
雙十一活動

看山看水
汪汪叫!

2016.12.11

單身汪過節

雙十一在茗洲村裡
偷山偷水偷秋色
　竟然
　狗都不追我

2016.11.11

爲什麼不參加
攝影比賽

庸才選出來的還是庸才
而我不想被識破

2016.11.14

愛讓詩人焦慮

被鎖在客棧門外
等待密碼二十分鐘
我一直在思念
思念剛才擦肩而過的那位
麵館

2016.11.14

生日歌

十二點時她說
時間過得好快
感覺不真實
今夜酒喝好多
比往日多十倍
卻無法入醉

她問什麼歌最簡單
唱來做謝最動情
聽了會笑會流淚

歲月拍拍她的頭
唱一首隱形的歌
歌詞很短
短成一個人
曲子很長
長過了一生

2016.11.15

午飯後

每個人都是詩人
我贊成
每個人都是人
我懷疑

2016.11.15

或許會是
這樣的愛情

夜

檯燈暖光

她進書房來

把內衣褲丟在我眼下

書稿上

給老娘洗乾淨

好的好的

萬歲女皇

次日卻見涼臺上

微風裡

我的臭襪子

也在曬太陽

我笑笑

想像昨夜

一個偷偷摸摸的女人

2016.11.15

寧波聚眾晚餐

水庫夜降
無月
亦無波光

孤宅旁立
燈火
昏黃以妝

亂語圍桌
酒餚
杯盤激盪

風來奪窗
如歌
銅鈴驟響

猫走雕欄

不慌

尾掃空涼

群山作陪

對唱

來日方長

2016.11.15

追劇

在破曉前
說晚安
看一人戲
流兩行淚
氣溫最低時
正合適入睡

2016.11.16

孟火火
▼

回憶是眼疾

總有些日子

我整天流淚

無痛無癢

不悲不喜

只是流淚

坐臥

或行停

獨處

或群聚

不住流淚

流淚

在陽光下

在月光裡

夢和醒

回憶是眼疾

2016.11.16

秘密存儲

我最喜歡的
自己
最好的肖像照
存在媽媽的眼睛裡
2016.11.16

流浪汪

窗簾拉上
從前夜到今晨
卸掉自然光
黑暗卻請不動睡眠
屋燈枯黃

念一本書
漂亮書
念完忘掉每一個字
包括名字

看一部 4 比 3 的電影
主角也漂亮
漂亮地
被長寬逼死

氣溫下降
杯水已涼
天亮時
去下一座城

2016.11.17

地上有一隻小鷄

你說我太驕傲
是的
不然用什麼襯托
你的大自卑
自卑到太都
閹掉了自己的
小鷄鷄

2016.11.17

這是一首詩
萬能
你可以隨便換標題試試

你説這首詩不美
這首詩是讚美醜的
醜怎麼美
美的是讚美本身

2016.11.17

推薦兩種毒藥

北京的天
人的嘴

2016.11.17

痛因

每換季
肩背總隱隱痛
我又瘦
瘦到能立針尖上
有説天使如是
無風亦能飛
卻沒飛
爲何不呢
我只是個詩人啊
前世斷了翅
所以
每換季
傷口總隱隱痛

2016.11.17

括號是你職業

每換季

肩背總隱隱痛

我又瘦

瘦到能立針尖上

有說天使如是

無風亦能飛

卻沒飛

爲何不呢

我是個括號啊

前世斷了翅

所以

每換季

傷口總隱隱痛

2016.11.17

失眠

右臉生出一顆痘
是連日失眠的果實
睡神只青睞單純的人
而我厭惡一切偏愛

早早蛻去鮮嫩的皮
熟成了一道
上帝或佛祖或其他一切主宰
臉上的疤
用血肉模糊
對抗每個黑夜
嘲笑整個人間

然而
天會亮起來
白晝沒有溫柔可言
人間冷漠發不出聲

2016.11.18

用字微妙

友求友之友之女友介紹女友
說房已買車已買錢已多到腐爛
她只管來享受
友之友之女友面色難看
友下來問我緣由
我說他動詞時態用得不對
應該這樣說
房給她買車給她買錢給她花不完
"給" 是進行時
配做享受
"已" 是完成時
致命傷
參考婚姻法
一旦分手或離婚
難道你要她淨身出戶?

2016.11.17

一種悲傷的憤怒

新書分享會
賓客滿堂
聊天也熱鬧

小巷吃羊肉
好友三兩
夜深風吹老

車行細雨街
酒店路長
倦容窗上靠

獨立房門外
王八混帳
門卡消磁了

2016.11.19

友情破壞詩意

我正在想
雙人床空一半
的下一句
如何是好
一個胖子來電
説他最近又胖了

2016.11.20

孟火火

▼

分享會趣味問答

去了那麼多地方，有沒有在當地撩妹子？

光等被妹子撩了，結果沒等到。

撩過的妹子有年齡區間嗎？

非要撩的話，我常撩外甥女，她五個月。

真的未婚嗎？

如果你男朋友同意，咱倆明天去登記。

是不是有很多小姑娘喜歡你？

那得問在場的這些小姑娘。

（問了，大家不說話，我默認喜歡！）

撩妹子的法則？

撩。

如果愛上了一個人會不會停止行走？

難道愛會讓人殘疾？我帶上她繼續走。

會被什麼樣的妹子吸引？

妹子。

看妹子第一眼看哪裡？

智商。

你對妹子的最高評價是哪個詞?

單身。

至今有遇到這樣的妹子嗎?

常見外甥女。

給在場的漢子們一個建議?

遠離妹子。

給在場的妹子們一個建議?

靠近孟火火。

2016.11.20

孟
火
火
▼

天 津 站
打電話的男人

候車大廳

暖氣人氣分不清

情緒在眉下

落成灰

電話貼耳邊很久

原地未動

很久很久

也沒有應答

於是他陷進腳下的

玻璃地板

成一幅雕像照片

背景是候車廳

透明的天花板

外面是這年的

第一場雪

在融化

2016.11.21

讓全世界
喊你爸爸是一個妄想

突然就

生起了放棄的念頭

在一張

大如整個冬季

比失眠還要僵硬的床上

想不出

還有什麼比黑暗更黑

和一首詩的結局

2016.11.23

孟火火

▼

話墳

我時常會
把一些聽來的話
如謊言和中傷
埋在心底
然後等十年
或許不用那麼久
也或許很快就可以看到
那些話墳上開滿了花

花
怒放進血液
流成光
正是那些話的腐爛
腐爛成沃土
沃土亦讓那些話的主人
枯如死木

唯光不朽

2016.11.24

孤獨的形狀

租了新房子
空間很大
我把四壁畫紙上
欲填滿那個
矩形空白
結果只畫出
書桌電影和床
就再也畫不出什麼了

都是矩形如我臉
太僵硬
或許該添個女人？
可想到這兒
我就再也想不下去了

原來房子再大
都裝不下孤獨
可孤獨是什麼形狀呢
孤獨是風
説來
也算瀟灑

孟火火
▼

2016.11.24

抑鬱症危險了

友説他有些懷疑

懷疑我最近的失眠

跟抑鬱症有關

於是我開始不安

如果抑鬱症遇到我

一張被笑容腐蝕的臉

我擔心

抑鬱症會得抑鬱症

2016.11.26

對天花板
説説情話

我寫詩
不是爲了成爲
詩人
而是爲了
詩

我説情話
不是爲了得你
芳心
而是因爲
我愛你

2016.11.26

夜宵吃麵的女人

她推門進來
白
於是把光襯暖
要一碗拉麵
極細的不要蔥花
不要香菜不要辣

坐
黑風衣鵝絨帽
心事停在紅嘴唇
嘆息輕嘆息薄
如紗蒙住了眼神

等
不動不出聲
拉麵在鍋裡滾

青瓷碗碎花紋
竹木筷子好看得很

等
　不動不出聲
　裡外都是她要的
　湯煙往上升
　如紗蒙住了眼神

　　等
　　不動不出聲

2016.11.26

孟
火
火
▼

每到深夜

每到深夜

總會痛苦於如何

關掉大腦

任何一個念頭

哪怕再微小或説微弱

都會激發巨大又强悍的

聯想

感覺自己是一隻蜘蛛

從意念中結出網來

網住

整個黑夜

和那一半白天

網住

悲傷喜悦

還有過去和未來

或者把以上這些

統一叫做時間

網住時間

徹底鎖死睡眠

但這還不是最痛苦的

最痛苦的是

膀胱告急

被窩暖若懷抱

而廁所卻在

走廊的另一邊

網住時間的巨網

唯獨漏掉了另一邊

每到深夜

2016.11.29

薑還是老的辣

早餐筆路遇老者
紅夾克在風中鮮艷
麻布袋墜在晨光裡
過肩時他喊我
小伙子
於是當慣了 "爺" 的小伙子
心生歡喜想起一句古話
薑還是老的辣

老者輕聲問禮貌又謹慎
這條街哪裡可以裝框裱畫
原來是畫家
該是從別處來的畫家
南北長街幾步一門面
價格我也告訴他
怪我好奇多嘴一句

您裱畫嗎

老者笑

笑著說

老伴兒的畫

道謝

再見

去時身影在路面搖曳

風和晨光相互咬耳朵

如此虐狗

薑還是老的辣

2016.11.29

孟
火
火

▼

請原諒單身汪寫情詩，
就是艱澀！

清晨

車站

一份麥當勞早餐

油條

豆漿

滋味裡人生百態

旅途

窗外

看時光近快遠慢

穿水

過山

你會是最美那站

2016.12.04

單身汪蹭友家飯

他們相互咬耳朵
一口一個 "親愛的"
咬出一顆 "水滴"
藏在陽光裡
中午我們吃燴麵
肉在嘴裡味道美
金毛趴在我腳邊
深情望我
眼睛藏不住呀
愛

水滴在發光
親愛的也在發光
而我假裝看不見
乖乖吃麵
麵也發光

孟火火

2016.12.07

再見，秦皇島

張開眼睛
放出又一個早晨
陽光流下來匯進一汪荒草
為冬季穿毛衣鋪地毯
暖暖地黃
黃地暖暖
從樓前蔓延至遠處天邊

微風過時微風化作海
波浪緩緩上沙灘
屋裡是地暖
壁上時鐘指向離開
我站窗前望
望對岸陽光流下來
窗前近海有浪裹踝
腳底岸海交接
又涼又暖

2016.12.08

地鐵上睡著的醉漢

他仰頭抵住車窗
以閉目的方式屏蔽煩惱
可是酒氣出賣他
臉上的紅羞辱他
就在他微禿的腦後
在車停前和啓動後的一段
貼牆廣告忽閃忽閃
赤橙黄綠青藍紫
成一條可見的夢
看見絢麗看見斑斕
卻也什麼都看不清
抛去開頭和結尾
整個過程只有黑暗

2016.12.08

前往阿姆利則

在前往邊疆的列車上
讀一本詩集
行行入心而詩人已故
窗外是夜有燈火飄搖
跌跌撞撞砸不透御風的窗

污漬在玻璃上
應該也可以稱作歷史
裡裡外外來了又往人影都模糊
距離可數卻終不可觸
遠近都是過路

有孩子啼哭有大人嬉笑

連沉睡都持他鄉語

車廂蓬頂燈亮

如月如目光

跌跌撞撞讀一本詩集

詩人已故

詩意也飄搖

2016.12.27

真是個玩笑

我根本算不上中國最好的攝影師
我是全世界最好的攝影師
剛才開了個玩笑
你最好當真
哈哈哈

2016.23.30

自製狗糧

總是喜歡遠看
山腳下的獨屋
想像那裡有個你
在微風中凝神讀書
裙角飛舞

或者有另一個年邁的我
靠在牆頭等你
等啊等
四季更迭
花發生根長成樹

如果都不是
那麼有些飄渺幽怨的鬼魅
在日間浮梁而睡
在夜裡唱寂靜的歌
歲月不驚
天地不擾

就這樣
連對面山頭路過的野狗
望見都覺著美好
久久佇立荒涼裡
披著滄桑緩緩落淚

2017.02.03

三十二歲

歲月不曾放過誰

而我亦未曾放過歲月

就這樣吧

你老我一歲容顏

我還你千年華美

比慷慨

是我贏了

2017.02.05

打假日

不開心的時候
我會去照鏡子
然後就開心起來
因爲我知道了
不開心的不止我一個

開心的時候
我也會去照鏡子
然後就不開心了
一個人開心
有什麼好開心的

後來開不開心
我都會去照鏡子
鏡子老了

2017.03.15

獨飲成雙

夜裡客廳

獨飲一壺茶

茶歲二十六

不算老也不算少

可舉杯的一瞬

月光晃蕩

就是兩個人對飲了

一老一少

2017.03.16

删掉一個夢

我在街頭
久站如鐘
遠處傳來的是告別
聽不清楚
霓虹濁亂似寒暄
卻不是朋友
而後夜開始趕我走
可是腳太沉
走不動 要回家啊就
不得不刪去昨夜的
一個夢

2017.03.18

看 電 影
《一條狗的使命》

我在最後排抹淚
　心疼的是
　　那條狗説不出話來
　　　和我一樣

2017.03.18

路遇情侶吵架

我特別討厭
情侶在街上吵架
醜的不止是自己
還丟愛情的臉

2017.03.19

路遇醉漢打電話

他四十多歲的樣子
身影在雨後未乾的路面
晃晃悠悠
他撥通電話湊在耳邊
一個踉蹌坐進了地上的水泊

媽　我想你了

之後便没再説話
也没有從水泊中起來
只把自己凝成了一滴眼淚
盼望夜可以風乾他

我聽不到電話那邊的聲音
大概在説　那就
回家來吧

2017.03.20

風涼話

時常有人説我作秀
説我在攝影這個行當裡無功無名
卻總時不時會冒出來發表對大部分當下所謂攝影師的看法
還不懂禮貌言辭裡又充滿鄙視和諷刺
我是可以理解説我的人的
他們裡面大多數也是所謂的攝影師
對此我只想説
廢話
你們連攝影的門兒都没入
當然不懂心疼她!

2017.03.20

晚七點半
進城的地鐵

車廂空曠 左右望

像兩面相對的鏡子

層層疊疊地循環

一句看不穿的話

有情侶坐對面角落

女人靠著男人淺睡

男人一手端書看

一手折起扶女人的頭

怕車行或停太急

怕女人的夢離開他的肩膀

2017.03.22

等一個名字

這些年
凡有女孩兒跟我表白
我都說對不住
我有喜歡的人了
卻一直沒有
給她起好名字

你在等什麼
等一個名字

2017.03.23

傻了吧一場感冒

很多時候在愛情裡
淋一夜雨
無非圖個心灰意冷
可最後得到的
不過是
一場感冒

昨夜路遇男子
雨中哭訴
他衝電話那頭說
你不要再折磨自己
要照顧好自己

我想他是
傻了吧

2017.03.23

詩人戀愛和失戀時
分 別 說 什 麼

有你無詩
不過一首詩的材料

愛戀時他確實沒寫過一首詩
失戀時他卻寫了不止一首詩

2017.03.23

低頭族

當你想見的人
在相對的時區
你在手機上看看那邊的時間
是不是也會覺得
靠她就很近了

2017.03.24

出個主意？

我目前賺錢管自己足夠

不就吃兩碗麵嘛

但顯然不夠兩個人花

那麼

沒錢找不到女朋友

沒有女朋友呢就沒動力賺錢

怎麼破？

少吃一碗麵？

2017.03.24

解決寒冷的辦法

天太冷

房間太空

窗簾拉開沒陽光

拉上是昏沉

冷得不行的時候

我就跳舞

跳舞的時候

最想你

閉上眼就暖和了

2017.03.24

太驕傲

我想我還是太驕傲
才會覺得自己
心碎也沒什麼大不了

2017.03.24

攝影協議

我做實驗

拍人體照

不要錢

你來喝茶拍攝

然後帶上照片走挑

最好的發網路

願者報名

只拍女人

好看女人

來時帶上朋友

或者男朋友

以保你安全

如果沒有男朋友

也沒有朋友

好可憐

那最好帶上警察來

孟火火

▼

2017.03.25

所謂心碎

無非是
所有好意都落空

2017.03.25

AI

愛
哎

2017.03.26

寫情詩的益處

越寫越絕情   2017.03.26

笑一個

寒冷在天氣晴朗時
最透澈 你看
他笑得好快活

2017.03.27

絕症早期

我患的絕症
不過是善良
但好在
還沒到晚期

2017.03.28

窮書生

我不知道自己銀行卡裡有多少錢
但一毛一毛應該數得清
我確切知道自己書
架上有多少書永遠少一本

2017.03.30

再到孟買

終於不用因寒冷而跳舞
卻來到了跳舞的國度
還以爲可以不必再想你
怎知一切都在潮濕中

2017.03.31

愚人

用力過猛
攢好滿的勁
一下子就用沒了
沉默太久
存起來的愛
一說出口就散了

2017.04.01

結束一天的工作

在印度洋岸邊坐下
朝陽落日都裝鏡頭裡
只剩你的正午和我的
黑夜
海風吹亂髮
身邊沒有你

2017.04.04

傍晚咖啡館

坐窗口給你寫詩
窗外過路狗停下看我
目光如呆似水
屎黃屎黃的拉布拉多
像在問
你是誰呀

2017.04.07

願等一人來

等待
是座牢籠
人們經過
很多人餵你水唯
一人送你鑰匙
質地不同卻
同樣深情
所以
謝謝

等待
是顆寒星
人們經過
很多人握你手
唯一人擁你入懷
用力不等卻
同樣溫柔
所以
謝謝

等待
只是等待
人們經過
很多人喊愛你
唯一人說我來了
語氣不同卻
同樣鄭重
所以
謝謝

但
願你我相見
你擁我入懷
我破你牢籠
不要
謝謝

2017.04.07

孟
火
火
▼

追

誤了飛機誤火車

2017.04.08

願你聽懂

詩

是我的

喃喃自語

說些大大小小

稀奇或平常的

秘密

僅供偷聽

2017.04.09

孟火火

▼

窗外陰雨綿綿

我在遠方的角落睡著
夢到四季和候鳥
卻在你出現時醒來
記得正春暖花開

2017.04.10

在沒有想你的日子
我在做什麼

努力不想你

2017.04.13

怪 不 得
我没女朋友

友說她要被炒魷魚了
最擔心的是
秋田没飯吃
我說她多慮了
没飯吃的是她
狗還可以吃屎

2017.04.13

怪 不 得
我没女朋友二

丢了工作你養我啊？
我養你狗

2017.04.13

怪 不 得
我没女朋友 三

你還能説出什麼好話
來吃飯吧

2017.04.13

某些事實

關於攝影
以後我還是盡量少説
因爲越來越覺得
我過去吹的牛逼
都是事實

2017.04.15

風涼話

很多人批評我鋒芒太露！

也奇怪，

我這不是躲在國外就是宅在家裡，

只在朋友圈微博裡吹吹牛逼就太露了？

那見到我真人，

眼睛豈不是就要被閃瞎？

2017.04.14

爲什麼
要勇敢去旅行

如果路上必定有另一個你

那她肯定等你很久了

如果你孤獨

那爲什麼不向另一個孤獨的你

張開雙臂

她也需要陪伴

她也需要愛啊

2017.04.15

孟
火
火

▼

身體不會説謊

她説坐在角落偷看我很久

問我有沒有注意到她

心裡想著要裝一下

説没有吧怎知一開口

你進門時有微風吹過頭髮

2017.04.16

單身汪睡眠法寶

　　他常失眠
　　卻總能在的士上睡著
　　他系上安全帶
　　像得到了一個懷抱

2017.04.17

窗外風大

我仰面躺著

任肩膀的炎症擴散

當疼痛抵達指尖時

握起拳頭

然後心臟覺醒

孤獨再美

也當不了好醫生

而窗外風大

正晴空萬里

2017.04.18

見過愛情

離別剎那抵此生
相逢一瞬也千秋

2017.04.21

廣場舞和太極

晚飯後回家
經過紮在路邊的餐攤
有燒烤和啤酒味
我都不喜歡
但總有愛情的味道

經過廣場舞
雙雙對對影影綽綽
音樂聲量巨大
但並不討厭
他們不過是心中太空

再走兩步
邊角幽暗處
有一老哥打太極
一招一式靜若古松
哥才是太空

2017.04.21

準確失眠

對過院裡養隻鷄
每個點兒都打鳴
我是說全天候的
當然包括凌晨每個點兒
打鳴
確切的說是慘叫
咕咕咕呱誒呀咦
咦要持續三秒
不知道是不是瘋了
但請你相信
我用的擬聲詞相當準確
就像我失眠時
準確地想你

2017.04.22

孟火火
▼
179

爲什麼越來越
没　　朋　　友

友問她如何自拍會好看

我説

別

拍

臉

2017.04.22

爲什麼單身狗

世界上那麼多狗
爲什麼還會有狗
狗就是相互看不上嗎
是的
狗眼看人都低
看狗那還了得

2017.04.27

人生啊

突然就長大
孤孤單單

2018.04.30

至少看見美

雨夜

烏魯木齊

宿友舍

再犯肩周炎

發照片

作詩以治失眠

人生啊

突然就長大

孤單單老得醜得

只剩

一雙眼睛

2017.05.01

今夜住在乳房裏

沙漠雨

塵暴吹黄昏

減胎壓爬坡

天暗下來淹没路

所以全是路

搖晃晃

如船在浪上滾

車燈劈開夜

傷痕紅黄

風穿針線補

補得絕情

天衣無縫得絕情

大大沙丘下

緩鍋底

頂風搭帳篷

十字龍骨

繃彎成半圓球
今夜住在乳房裡
做一個無情的嬰兒

起火烤肉吃
涼皮囊老酒
開酒戒
這裡不在人間
不要記得自己是人
不要記得疼

兩車當壁
壓緊了風聲
人影飄搖
火光太渺小
照不透一粒沙塵

陰天無月無星光
可是
我愛你呀
還需要什麼光亮

還需要什麼
光亮

放音樂亂舞
不冷不冷
心涼得發熱
獨自上丘頂
搖遠城市光
一定是
充滿刺眼的燈芒
一定亮到人心慌
而我不在那裡
黑茫茫心慌慌

沙漠深處不死黑
但暗得深沉
背後營地幽幽
淡淡藍一片
已聽不見聲
風過耳頸
說些悄悄話

細沙腳邊流
身邊空蕩蕩
空成一顆心臟

回營地
陌生人已成好友
好友已喝高
散在四處有姑娘瘋
有兄弟在車頂嚷嚷
唱歌
歌聲埋沙中
葬不掉心裡事
唯心事會在
沙漠裡生長茂盛

火熄滅
木炭在呼吸
擁抱道晚安
帳篷裡不死黑
微光滲透
篷壁是風的翻譯

没有一句情話
別説我愛你
我愛你

今夜住在乳房裡
做一個無眠的嬰兒
半夜聽到有人吐

2017.05.03

北京日落的常態

我坐沙發上
望着天光從對面牆壁
滑落在手中的詩集
紅轉暗
門是敞開的
卻沒有人回來

2017.05.07

孟
火
火
▼
189

斬斷一場虐緣

我正仰躺在沙發

看人間在天花板流轉

鬼祟祟

一顆毛茸茸小腦袋

闖進視野來

我們相互嚇一跳

臉圓圓眼圓圓心思也圓圓

弱光下她花色淡淡

還是很好看

好看得叫人心軟

於是我起身

把她趕出了門

去去去

貓和狗有什麼好談

2017.05.06

汪在霧霾嚴重的
石　　家　　莊

友：聊聊天吧
我：天在哪裡
友：那聊聊錢
我：還是聊天吧

2017.05.09

孟火火

▼

191

剛好在消融

我做過
最浪漫的事
是在 詩人墓前表白
記得我説 不想草率
雖然決定靠的是

預感

就在我望見你的
第一眼
你站在遠處夜色中
看不清面容

卻如
一片星空

然而那畢竟是
冬雪後的晴天
陽光燦爛
一切潔白
剛好在消融

2017.05.10

該怎麼拯救
你的天真

早在電梯

一大媽進來

仰頭見只到我肘部

便驚呼天 你不是人吧

我振振托起手中煎餅

咬一口然後

汪汪

207.05.10

如何吹牛逼

友：火，是金子總會發光的，而你還不發光，
也許你並不是金子。

我：對，我不是金子，我是更牛逼的，暗物質。

2017.05.12

眺望悲傷的男人

飛機在降落

一橫淡黃趴在霧霾上

像高潮後僅剩的昏沉

右手邊的男人傾身望著

除了想像他還能望到什麼呢

窗口正好在機翼的上方

咕嚕嚕一陣顛抖

整個西安就在腋下了

應該是黑壓壓的燈火輝煌

我想男人是悲傷的

正如他一路倔強而沉默的眺望

正如也想馳目大地裝鳥的我

看了一路他的後腦

2017.05.13

假想有個你

見面會結束
失神坐角落
沉默頂光下
醜著

周圍聲嘈雜
都是波卻不像水
只怪長了耳朵
聽見風塵和沙

望對面空座
假想有個你
長髮短髮都合適
裙裝褲裝都好看
聽兩小時聽過的舊事
不煩不惱不嫌我醜
安靜翻書
偶爾看我笑一下
等待牽我手回家

2017.05.14

你説討厭不討厭

當我爲自己影展選照片的時候

才發現自己真的特別討厭

爲什麽每一張都拍那麽好

2017.05.16

一夜情

説忙碌間隙寫首詩吧
可是寫什麼類型的呢
想一下還是情詩好
情詩更適合在夜間生長
在日出時凋敗

那寫給誰呢
趁夜將深未深還來得及盛開
給自己吧 自己滿心是你
而裝你越滿也就空
空得裝不下一句自憐
那不如寫給你吧
可你又在哪裡你又是誰

幹脆寫給她吧
我想至少她會是你的模樣
保持一個而我和她又可以純粹的
第三人稱的距離
一夜模糊也不要緊
我會在日出時把這愛情敗成往事
只等重逢不必再提

2017.05.25

瘋

打烊

在去吃麵的路上夜燈昏黃

男人用投影打亮一面磚牆

抓著麥克

唱一首很老很老的歌

畫面是別人的故事和自己的影子

但歌裡歌外都是他的夢想

而夢想不需要收錢的盒子

只需要聲音夠響

然而音箱並不高檔

有雜聲絲絲

圍觀的人也不多

神情肅穆如看歌劇般看熱鬧

想必也都是經過了夢醒的沮喪不

然誰會在夜裡停下來

聽一個陌生人的心情

好吧

我承認跟那個唱歌的男人很像

孤獨且特別自信

自信到驕傲

能把十來觀眾當作千軍萬馬

又一說是白日夢想家

無所謂

你以為活在那無中生有的世界裡

不需要勇氣?

在那個世界裡的人只能

獨來獨往

不做些夢也太可憐了吧

相似的人不適合做朋友

所以我沒有停留

穿過投影的光時也穿過

牆壁上男人的夢

色彩斑斕卻輕飄飄

麵很好吃

原來破壞一個夢

只需要一碗麵的時間
當我返回時
看到牆壁上一片矩形的藍光
城管正在監督男人打烊
而千軍萬馬還是千軍萬馬

男人吹著口哨見我再次經過
聳了聳肩膀沒有說話
夢想不需要收錢的盒子
但聲音要足夠響亮
獨來獨往 打烊打烊
色彩斑斕輕飄飄

2017.06.01

單身狗高考日
感受到祖國的關懷

我住北京宋莊小堡村

午飯後睏

剛要小睡一會兒

聽見一個大媽在樓下

用喇叭喊

家裡養狗的到居委會領狂犬疫苗啦

免費的

睡意全無

2017.06.07

逆天自戀

觀畢木乃伊

從地下冒出來就是三里屯了

兩個小時的黑暗

為什麼要一個人看恐怖片？

算了不糾結

總之那深深的驚悚

被眼前的花花白白大大震撼

真的

一群一群的姑娘真好看

好看得連旁邊拉著攬著或跟著的男人

都好看了

等姑娘們實在好看得不行了的時候我

就掏出手機來看給你拍的照片

於是之前的好看

一下子就醜了

醜得好安心

進而我開始讚嘆或者驚嘆

那個給你拍照的攝影師的水平真是

特麼

逆天了

孟火火

▼

205

2017.06.09

博弈

就像傳說的

我喜歡你

誰先説誰就輸了

我們誰不欠誰一個對不起

而對不起

誰先説誰就贏了

2017.06.09

另類養生

我覺得孤獨很好

有時侯還會

出些冷汗

2017.06.12

非正式告別

後遺症

因爲沒見過你告別時的模樣
所以總以爲你還在身邊
一如初見

2017.06.17

你好娘子

在杭州醒來
夜不見西湖
沒有下雨
不用撐傘
是遇不到蛇精了
徒有一口毒舌

2017.06.20

你是逃不掉的牢

總是回到那片雪原
不分晝夜不分醒寐
去嘲笑
或者施展慈悲
一個年邁小孩
被困在那座長情空曠的
藍白紅黑

2017.07.23

言不由衷的一種

總想
爲別的什麼寫寫詩
可是詩
總從你那裡來

2017.07.24

我或許是某種
神跡的邊角料

每次從人群中出來
都會莫名失落
並非我善於孤獨
只是當人們
都猜我是五十歲的時候
才發現与上與下
兩邊都是鴻溝

2017.08.17

瘋
▼

歉收的茂盛

秋天到了
生長最茂盛的
該數思念
然而思念
從未有過豐收

2017.08.16

假想有個情人

深夜
有兩個可以
對抗失眠的選擇

寫詩和想你

然而
寫詩能夠隨時罷手
一旦想你
便無止無休

只好把你寫在詩裡
一首接一首
這樣想你至少可以
斷斷續續

2017.08.23

審查制度

在我們的祖國啊

　寫書是

　　難

　　　把書出版是

　　　　橫鈎點撇豎

　　　　　點橫橫橫豎橫

　　　　　　　2017.09.05

誰不曾毫無緣由地
失 去 對 方

愛情跟旅行一樣

告別是注定

相遇是奇跡

因此愛過就好

何必多問走散的原因

2017.09.06

我從小就是天才

善解人意
是最不討好的天賦
正如笑
是最不起眼的悲傷

1985—

不知你在哪

但
風雨來時
總想保護你

2017.09.16

遠去也好聽

路邊
外賣小哥騎車過
他唱著歌
最初的夢想
好聽
在風中好聽
遠去也好聽

2017.10.03

雙刃

孤獨的方法千萬種
想你最易

快樂的方法千萬種
想你最難

2017.10.04

當你路過
請溫和地喊我

他不是不能現實
只是太為她著迷

他可以喝很多酒不醉
卻總在想她的刹那失去知覺

孤獨總被孤獨喚醒
而快樂也總跟快樂無緣

2017.10.09

孟火火
▼

俄勒岡大學

大學裡有開放公墓
叫開拓者
可在其中自由行走
就像那些走過的人

喜歡

在公墓避雨
大樹下墓碑前
靜悄悄不知彼此故事
但落葉隨風起時
我知道
大家在爲孤獨鼓掌

2017.10.11

尤金一晨

閣樓初醒

細雨打天窗

白光如紗

幽幽夢終場

2017.10.12

没傘

雨是被反鎖的門
新事進不來
心事逃不出

2017.10.11

西雅圖

我到時風正大
夕陽冷得不說話

2017.10.13

大心

世界在我眼裡那麼美

怎麼會容不下你的缺點

2017.10.14

算我浪費

我曾經很認真地
教一個人攝影
覺得天賦可貴
不成功
很遺憾
他只想靠攝影賺錢

2017.10.15

或許

我想我還是保持簡單的好
在遇到你時沒有偽裝
或許更容易被看見

2017.10.16

天氣好時最心軟

2017.10.18

風涼話

關於攝影
我要學會謙虛和低調
不然找不到對手

2017.10.19

麥迪遜的
特種間諜

一見面老爺子就問我

是不是間諜

我說

是

打算偷什麼

不開心

於是大家就開心了

我想

我是不開心間諜裡的邦德

2017.10.28

娜拉這條狗

那天我在沙發小憩

醒來時只剩娜拉在對面深情望我

餓

便給娜拉指令

去給爺搞碗西紅柿鶏蛋麵

娜拉服從起身衝出屋去

不一會兒回來到我跟前放下一條骨頭

意思是

狗就該吃點狗吃的東西

2017.11.07

我的執念

做一個頭頂玫瑰的裸體小孩

不管你愛不愛我

至少看起來溫暖

2017.11.20

孤獨症

我想我已瘦到了變態的程度
瘦到了風來了都吹不動

2017.11.25

人生之所以苦短

含蓄

2017.11.28

再見

若你注定是我生命中的過客
我願做一粒你生命中的琥珀
困在永恆中孤獨
擁有你最美好的一刻

2017.11.28

單身汪的日常

膝蓋當肩膀
假裝有依靠

晚安

2017.11.29

唇形很好看

生活不會總是善待用心的人
但用心的人總會擁有被善待的生活。

2017.12.01

漸隱

風來雨來

只有你離去

2017.12.02

劇組生活

酒店房間窗向北
關上簾子無法辨陰晴
每天我都早起
不是生物鐘
而是我期待拉開窗簾後
是個晴天
若不是
我也很高興
又可以自己做太陽了

2017.12.02

不要你疼

我有破碎的心
還有悲傷的玫瑰
不知你何時來
但請來時
不要流淚

2017.12.08

多謝諸位

在劇組
我是喜歡收被拍的照片
就像被人偷偷關懷

2017.12.10

你呢

我叫孟火火
真名兒
你呢?

2017.12.13

睡在冬季片場

若你到來
請爲我披層毛毯
你送我溫暖
我還你笑
可好?

2017.12.18

大家都是小朋友

平安夜收工早

在屋裡孤零零練琴

弦間音韻浮浮沉沉

門鈴響

問誰無人答

怒

擾我清靜一定要罵死

開門不見人

低頭

兩個小姑娘

手捧蘋果仰頭笑嘻嘻

趕緊跪下來一起笑

大家都是小朋友

2017.12.24

他不只會講笑話

其實沒什麼
只要低低頭
就可以埋掉悲傷

2017.12.26

如夢如塵埃

再不再見

都無所謂啦

反正我會想你

如光裡漂浮的塵埃

和影下的夢

2017.12.27

再見各位

我是一個懷舊的人

每向前一步都很認真

所以

別怪我悲傷

別怪我愛你

2017.12.28

飄來飄去

還是沒有飄到你身邊

2017.12.28

最搞笑

每次深夜殺青回來大包小包
鑰匙消失被困自家門外
才醒悟講過的所有笑話
都是次品
而那些口口聲聲說過的愛
才最搞笑

2017.12.28

新年決定

不如做回陌生人
重逢時笑笑
不必太認真

2018.01.01

自娛

我實在是個悲傷不起來的人

不開心時照鏡子就能笑出聲

2018.01.03

本能

我明確地知道

自己還是個孩子

正如孩子本能地知道

什麼是愚蠢

可身體是個有頸椎病的傻子

自顧自往前走回不了頭

他會到達很多地方

認識很多人

最後忘掉孩子的名字

2018.01.05

既然孤獨不被懂

哈哈哈
就是喜歡被罵作驕傲
討厭也罷憎惡也好
都像多了幾個知己作怪如妖

2018.01.05

乖

不要說話
我看看光線
夠不夠做夢的標準

2018.01.06

就是不會好好

罵　　　人

我喜歡三種人

善良的人

好看的人

聰明的人

只討厭一種人

你這種人

2018.01.08

你是我最美的

照　　　　　片

都怪我隨便一拍
拍得再也回不來

2018.01.11

孤獨的一種

照鏡終於不忍蒼老
買榨汁機或許
能得救於蔬菜水果
貨到消毒極開水燙杯
杯炸
西窗明媚只影呆牆上
傍晚暖光裡水汽瞬間涼
滿地滿身地濕
手上紅泡變白忙抽紙擦
下意識地嘆息
羽絨衣呀
壞掉了羽絨衣

2018.01.11

爲什麼會講那麼多笑話
卻 總 一 個 人 吃 飯

因爲憂傷故事
也需要人聽

2018.01.18

等待和浪費

這個世上對時間最認真的
恐怕就是等待了
浪費的每一秒都叫做珍惜

2018.01.19

那就這樣吧
還是要做善良的人

如美夢清醒
亦如噩夢結束
多少留些遺憾
總之問心無愧

2018.01.28

孟火火
▼

還是不做夢了吧

其實他想要的很簡單
一句早安
一句晚安

2018.01.30

爲什麼單身狗

姑娘問

我有酒你有詩嗎

我説有

姑娘輕聲説

那咱們一起去遠方吧

我説不必了

詩和酒我自己都有

我在深夜裡吶喊

深夜静悄悄

2018.02.06

放棄爲一首
古體詩起名字

西窗簾全開

無情紅入白

星月沉雲後

枯坐無話來

2018.02.08

應該 算了吧

我把想說的話
和想做的事
全部忍住
就像當初那
懸崖邊上的眼淚
這算不算
你說的成熟

2018.02.14

面向海洋迎着風

她自言自語
後來又唱起歌
正午陽光凶猛
眉下陰涼
悄悄軟軟
輕輕落

2018.02.211

情詩到盡頭
無非三個字

我

你

2018.02.27

老臉

一個人長大
全靠臉堅強

2018.03.01

兩種天賦

除了發現美和窮開心
我其實沒啥大天賦

2018.03.06

常見誤區

有一個常見誤區是

我們一直以爲

要有自知之明就是要變謙虛

2018.03.06

隔臂

一寸一光年
如床如海洋

2018.03.09

一夢・紅色海嘯

海嘯突襲怒水狂卷

人如樹葉樓倒如沉船

都在往前拼命逃

唯我逆行奔浪去

死心非要救一株玫瑰

目光意志都堅定

水下黑乎乎竟也有了光

伸手攬玫瑰

玫瑰扎入手掌心

紅透了整整一座海嘯

真真地被自己蠢醒

2018.03.13

昨夜夢來四句詩
記 住 兩 句

我們兩乾乾淨淨　互不相欠讓
我們兩各奔東西　夢比歲月長

2018.03.16

你　問　我
喜歡什麼香水味

人情味

2018.04.06

高手在民間

在成都時

我要去杜甫草堂

看看老前輩

結果司機直接

把我送到了機場

或許是因爲

我詩寫得太爛了吧

2018.04.19

感動是個什麼味

孤行太久

艱難多

隨便一句關心話

都是生猛

芥末味

2018.04.30

孟
火
火

▼

萬一買了我書不好看
怎 麼 辦？

經常會有陌生朋友來問，

火火，萬一我買了你的書，不好看怎麼辦？

我說，

那你一定要克服千難萬阻找到我，

我會跟你說，

對不起！

2018/6/15

當別人問

當有人問，你是個攝影嗎？

我說，我是個編劇。

當別人問，你是個編劇嗎？

我說，我是個導演。

當別人問，你是個導演嗎？

我說，我是個攝影。

當別人問，你特麼到底是啥？

我說，我是個人。

如果非要在前面加個形容詞，

我只想說，窮人。

此"窮"是廣義的窮，是無限。

人們總喜歡給世界定性，

而我偏偏只喜歡"性"。

此"性"是廣義的性，是自由。

國家圖書館出版品預行編目（CIP）資料

瘋涼話／ 孟火火著 .-- 第一版 . -- 臺北市：樂果文化：
2019.05
　　面；　公分 . -- (樂繽紛；42)
　　ISBN 978-957-9036-07-8(平裝)

851.486

108004666

樂繽紛 42
瘋涼話

作　　　　者 ／ 孟火火
總　編　　輯 ／ 何南輝
封 面 設 計 ／ 孟火火
內 頁 設 計 ／ 孟火火

出　　　　版 ／ 樂果文化事業有限公司
讀 者 服 務 專 線 ／ （02）2795-3656
劃 撥 帳 號 ／ 50118837 號　樂果文化事業有限公司
印　　刷　　廠 ／ 卡樂彩色製版印刷有限公司
總　經　　銷 ／ 紅螞蟻圖書有限公司
地　　　　址 ／ 台北市內湖區舊宗路二段 121 巷 19 號（紅螞蟻資訊大樓）
　　　　　　　　電話：（02）2795-3656
　　　　　　　　傳真：（02）2795-4100

2019 年 5 月第一版　定價／ 380 元　ISBN 978-957-9036-07-8